# 울컥

함순례 시집

05
오후시선

# 울컥

시 함순례 | 사진 박종준

역락

저녁 강물에 윤슬이 흐른다.

말을 아끼며 깊고 아득한 울림으로 반짝이는 물결의 노래를 듣는다.

그 안에 큰 산이 숨어 있다.


이번 시집의 지향이 저 강물과 같다.

그러나 참 어둑하다. 간절한 그리움으로 다가가야 할

서정을 위하여, 갈 길이 멀다.


시와 사진이 만났다.

사진의 묵향과 채색이 시에 머물기도 스치기도 하지만

각각의 시선으로 흘러 물결을 이루기를 기대해본다.

2019년 초여름

함순례

가슴이 뜨거운 사람으로 다시 태어나

무엇을 적겠느냐 무엇을 쓰겠느냐

차
례

1부

할 것과 하지 말아야 할 것
조금씩 보이기 시작했다

저녁에 내리는 비

내 방을 두드리다가 온데간데없이

사라진 새는 어디쯤 날고 있을까

빈
집

밥그릇 속으로 지는 꽃
배롱나무가지를 흔드는 새 울음소리

온몸에 뿔을 세운 나무의 안쪽으로
야위고 수척한 태 감추는데

비 그치고 고요해진 시간을 틈 타
자신을 지우기도 하는데

새들이 들락거리며 만든
꽃발자국 환장하게 붉다

행여 다녀가시라고
훌쩍 뛰어오시라고

울
컥

강물이 흐느끼는 소리
파란만장하게 스며드는
신성리 갈대밭

노랑어리연, 나비처럼 날고 있다
그 꽃 하도 이뻐
그 물웅덩이 하도 가벼워

세찬 바람도
잠시 숨 고르는 사이
그 사이

틈　　　빽빽한 대를 솎아내자
　　　대숲 소리가 다르다


　　　우듬지에 머물던 바람
　　　몸통으로, 발치로 내려와 놀고 있다


　　　이제야 맘껏 휘청이겠다
　　　온몸으로 울 수 있겠다

나무가 겨울을 나는 법

새들을 삼키고

새들을 토해 놓고


찬바람 고일 때마다

빈 하늘의 적막이 무거울 때마다


잽싸게

잽싸게

**4월**

기억할게
오래오래 아프게 간직할게

기억하려는 이와
잊으려는 이의 바람이 차갑다

고마워 손 잡아주고
마음을 나눠줘

기억은 따듯한 볕이 스미는
한낮을 나꿔채 스산한 저녁으로 몰고 간다

선하게 반짝였다가
아스라이 멀어지는 별빛들이 눈물겹다

네가 내게로 온 첫날처럼
매년 태어나는 봄처럼

명부전

나방 사체를 모신 전등갓

명부전 한 채구나

불빛 향해 안간힘 쓰다

하루의 비행을 접은 자리도 불빛 속이구나

형광등 켤 때마다 눈을 뜨고

물끄러미 올려다보는 검은 목숨들

고요한 방에 반듯이 누워

점점이

얼룩지면서

목젖이 뜨거워지는 때 있다

## 눈물

— 박용래와 김용재 시인의 소담笑談

형은 왜 자꾸 울어?

우는 게 뭐 어때서?

너무 많이 우니까 그러지……

세상이 이런데 울지 않고 배기냐!

노
안

마흔 갓 넘은 나이였다

내 몸에 장착한 최초의 무기

돋보기로 읽는 세상은

맑지도 가볍지도 않았다

하지만 가까운 것 먼 것

할 것과 하지 말아야 할 것

조금씩 보이기 시작했다

## 다행이다

날 잡아 칼을 갈았다

무뎌진 날들이 숫물에 배어 흘러내렸다

주기적으로 갈아야 한다지만

선득한 날이 싫어

좀체로 칼 갈지 않고 살았다

그냥 살아야지, 하고

작정하자마자 금세 예리해진 칼날

그 기운에 움찔했던가

바로 손가락을 베이고 말았다

다행이다

내가 먼저 베었다

콩
한
알

단식 사흘째

메주농장 견학 갔다가

삶은 메주콩 한 알

공손히 받아

열 번 스무 번 씹었다

고요하던 뱃속

금세 요동쳤다

굶는 일

너무나 쉬웠다

## 나에게 묻는다

신년 단식

오장육부에 소금물 들이부어

주름주름 시커멓게 굳은 놈 죄 훑어 내리며

슬펐다, 백배 사죄했다

내 더러운 꼴 생각치 못하고

네 더러운 꼴 앞세웠으니

당연한 일이었다

푸릇한 미명을 지나며

피차 향기롭지 못한 눈빛 무너졌으니……

깨끗한 몸으로

가슴 뜨거운 사람으로 다시 태어나

무엇을 적겠느냐 무엇을 쓰겠느냐

파
문

물속을 바라보는데,
나와 똑같은 얼굴이
너는 누구냐 하고 마주 쳐다본다

때마침 바람이 불고
파르르 그 얼굴 흩트리고 간다

그러니까 물속을 바라보고 있는 나는
물인 듯 바람인 듯
잠시 다녀가는 사람

2부

불멸의 사랑에 이르는 지도가
그려져 있었다

아라연꽃

진흙더미 속에도 별이 뜨는지

칠백 년 만에

눈 뜬 씨앗이 피워낸 연꽃 속에는

불멸의 사랑에 이르는 지도가

그려져 있었다

화
양
연
화

벚꽃 골목 돌계단 위

스미듯

스며들듯

떨어진 꽃잎들의

긴

입맞춤


그 순간

우주가 기우뚱

## 강풍주의보

내 안에서 고요의 틈이 벌어질 때

수백 개의 문양을 가진 봄날이

붕붕 떠다닐 때

중부 내륙 저수지 수면이

바닷물결처럼 울렁댈 때

사랑아, 네가 말발굽 울리며

달려온다면 속절없으리

호수

강심에 모여 있는 푸른빛이 시리다

말라버린 가장자리 붉게 드러난 바닥

차고 넘치던 기억 속으로

층층히 접혀 있는 물그림자가 시리다

가슴을 찢는 고백 없이 홀로 가는 사랑아

오늘도 강심에 닻을 내리고 오래 묵묵하겠다

## 홍연
### 紅緣

익을대로 익은 홍시 하나가 몸을 날렸지

느닷없이 그를 받아 안은 바위
그 붉은 치맛자락에 코를 묻고
혼몽하니 정신을 놓고 있었지

그리하여 서로를 껴안고
한백년 단잠에 든다는 거

꿈이라도 꿔봤나 오매 님아

## 나도 꽃이다

풀일까 꽃일까

마당에 핀 설악초 가까이 들여다보다가

이파리 속에 숨어 있는 작고 흰 꽃

그러니까 꽃이구나

중얼거리는데


말할 때나 웃을 때는 이쁘네

그대가 툭 던져준 말


오늘은 나도 꽃이다

## 아픈 사랑

남편도 알아보지 못하는
초로의 여인에게도
잃어버리지 않은 말이 있다


사랑해요 당신이 필요해요
연애시절 줄곧 하던 말이었다

## 다리 앞에서

건너면 백년해로 한다는
다리 앞에서

오랜 부부
남자는 성큼 손을 잡는데
여자는 머뭇거린다

백년 낙관을 찍기 싫은
안쪽 가슴이 있는 걸까

건널 수 없는 수심을 타고
아득한 풍경이 흘러간다

배꼽

지구별에 연착한 이들의
지독한 당혹감


아주 쓸쓸한 사랑의 꽃

## 돌확

연분홍 꽃잎들 주렴을 드리웠네

움푹 패인 가슴팍에 불이 붙자

다람쥐 먼빛 염탐하고

솔향기 건들건들 휘파람 불며 지나가네

남몰래 흥성거리는 외딴 여각 같네


겨우내 텅 비었던 방

빗물 낙엽 들거나 간혹 눈설기가 익었던 방

수련과 부레옥잠이

차례차례 먼 길 떠났던 방


달빛 그윽하게 차오르는 밤이면

꽁꽁 여미었던 옷고름 그만 풀겠네

까마득히 젖이 돌겠네

화엄사

허기를 썻어라
텅 빈 발자국을 휘감는
정오의 종소리

한 천년 쓸쓸하게 피어 있는
돌이끼가 웃는다
한 천년 검붉은 속을 뒤적인다

허리 숙여
처음 듣는, 처음이어서 더 깊고 높은
정오의 종소리

당신 곁으로
슬쩍 밀어 놓는다

## 무릎

단 한번
사랑하는 이를 위해 무릎 꿇고 싶었다


생살을 찢는 바람에
온몸이 출렁거릴 때마다
바닥에 엎드려 버텨야 했다


아, 차가운
생의 북쪽

# 3부

오랜 경배의 하루가
석양에 집을 짓는다

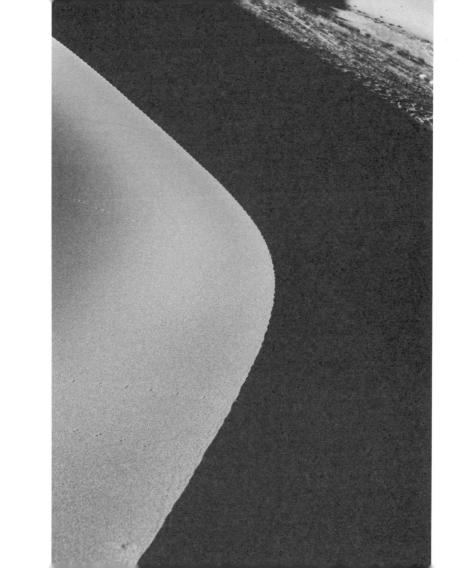

## 품는다는 것

꽃눈과 눈꽃

얼어붙은 몸과 몸

안간힘으로 달아오르는

그 즈음

**Peace Coffee**

동티모르 커피농가에 공정한 셈을 치르고 건너왔다
지 농약 화학비료 전혀 쓰지 않은 커피나무에서 잘 익은
열매만 선별했다지 로뚜뚜 마을 착한 별들이 일일이 손
으로 빚어낸 맛이라지 그 까맣고 부드러운 커피를 마시
며 향기롭구나 중얼거리는 건 나도 제 값 받으며 일하고
싶다는 거지 빈 틈 없이 돌아가는 하루하루 마른 가슴에
별들을 불러와 반짝이고 싶다는 거지

## 고바 데이시

오키나와 최남단 평화공원은

철의 폭풍에 쓰러져간 영혼들의 거대한 풍장터

빼곡히 들어찬 검은 비석을 돌고 돌 때

거기 새겨진 낯익은 이름들 하나하나 불러볼 때


고바 데이시,

슬픔을 먹고 자라는 나무들

손사래치듯

바람에 실어 보내는

울울한 그리움

## 저녁의 노래

꽃양귀비는
해질 무렵 더 붉게 피어난다
허리 꼿꼿이 세우며
제 색깔 제 향내
짙게 피워낸다

오늘도 무사히,

처연하고 간절한 문장을 메고
진종일 구부렸던 등과
젖은 몸을 끌어올린다
오랜 경배의 하루가
석양에 집을 짓는다

쿠바

열흘 만에 계란 한판을 샀다
공손히 받쳐 들고 발춤을 추었다
쉽게 구할 수 없어 애달았던 것
서른 번의 입맞춤으로
촉촉해진 눈빛으로
살랑살랑 집으로 오는 길

빈궁의 처소에서도 그늘 하나 없는
그들과 같이 줄 서서
계란을 사고 휴지를 사는 날이면
아바나의 뜨거운 햇살도 꼬릴 감추고
말레콘 푸른 바다 위에서 철썩였다

꽃
잠

목욕통 안에
수건을 깔고 덥고
잠든 아기

눈으로 꼬옥 쥐어 보며

물이 튈라
살살 에돌아 다니는
엄마

어
미
새

땅에 떨어진 뒤
새가 쪼아 먹은 홍시

한 귀퉁이 발라내어
아이의 입에
넣어주는 순간

어머니, 가을볕 속으로
훌쩍 튕겨 올랐다

남
매

고양이 두 마리가

볕 바른 풀밭에 나란히 누워 있다

서로의 다리와 다리를 포개고

팔과 팔을 두른 포즈가

천년을 지켜온 숲처럼

묵묵하고 당최, 고요하다

먼 길 떠난 어미의 그림자

피었다 스러지는 사이

초록이 제 얼굴

감싸며 진동하는 사이

한낮이 고갤 꺾고 깊은 묵상에 든다

독 화장실 타일 틈서리에서 버섯이 핀다
균사의 뿌리가 제법 깊게 박혀 있다


떼어낼 수 없는 치정의 사랑처럼
이빨을 박고 독을 풀지 않는 버섯


가장 어두운 것을 밀고나와 굳어진 것
하필 나의 여기랍니까, 라고 묻지 않는다


어디서나 자꾸만 돋아나는 것이니까
피고 핀 뒤에야 소멸하는 것이니까

**졸
복**

당신을 단박에 쓰러뜨릴 수도

천천히 찌그려뜨릴 수도 있으니


행여 나를 졸로 보지 마시라

## 숟가락

그대 생을

들고 들다가

문득 따스해지기도 하고

서늘해지기도 하면서

나도 가끔은

내 지친 몸

그대 입술에 기대곤 한다

## 노년

베란다에 의자를 내놓고

바깥세상을 바라보는

그의 뒷모습 하염없네

하늘과 구름, 바람에 깃들어

흘러드는 기억

과거로, 과거로 회향하고 있네

눈앞에서 선회하는 새를 좇아

창틀을 잡고 일어서는

그의 눈빛, 사무치네

어머니

당신 보낸 후 안 좋은 버릇이 생겼습니다

힘겨운 사랑에 매달리지 않게 되었습니다

아무도 사랑하지 않게 되었습니다

4부

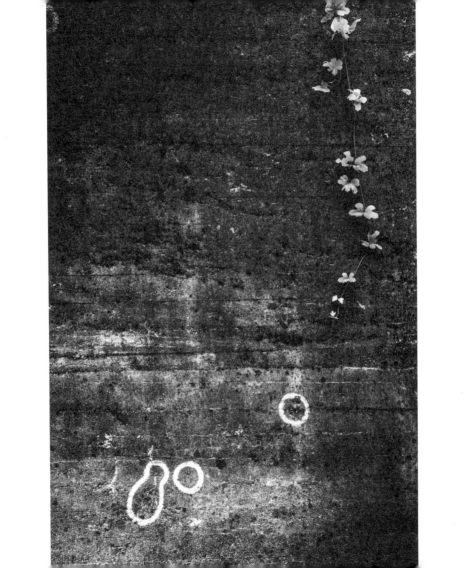

봄은 멀어서

꽃눈 위에 쌓인 눈을 바짝 껴안은 매화나무


얼어붙은 살비듬 털어내느라
오늘도 안간힘으로 떼놓는 저 노인의 한 걸음


그리움에도 물이 오르는지
여기저기서 날아드는 저들의 지극한 안부


참하다 참하고 참하다

삼월 삼진날

궁금하다 봄물 오른 길목
배꽃 같은 얼굴로 다가오던
우유 팔 궁리로 밤잠 설친다는

판촉 공짜우유들 제비새끼처럼
냉장고에 모여 쩍쩍거리는데

너무 뜨음한 친구의 소식

용눈이오름의 구절초

누가 저 꽃들을 주저앉혔는가

바짝 엎드려 바람을 지운

그 자리, 쪽빛하늘을 앉히셨네

온몸을 던진 흰 침묵의 활시위

땅과 하늘을 당기며 팽팽했네

## 옥천

― 정지용

한 편의 시가 찻집을 열고 밥상을 차리고

한 편의 시가 마당에 울타리에 꽃을 피우고

한 편의 시가 돌 틈 호수 풀숲까지 먹여 살리는

그곳에 갈 때마다 오소소 몸살이 돋았다


시는 이렇게 미치는 것이라고

스며들고 번지는 것이라고

어디선가 중얼거리는 소리 들렸다

반
성

봄빛 청청한 숲에 들어 호젓이 걷던 중입니다 다소
곳이 피어 있는 천남성, 구슬봉이, 비비추, 각시붓꽃 환
한 눈짓에 취해 자지러지게 웃었습니다 그러다가 그만
그 근처 머위잎, 산달래 욕심껏 따고 캐고 말았습니다

산그늘 연한 풀꽃들 아슬아슬 가슴을 쓸어내렸을
것입니다

섣달그믐

오락가락 눈이 내린다

소식 없는 아들을 기다리는

흐리고 조붓한 마을 어귀

너무 멀리 가지 마라

조금조금 돌아오라, 중얼거리는

어머니 손짓, 하얗게 마르고 있다

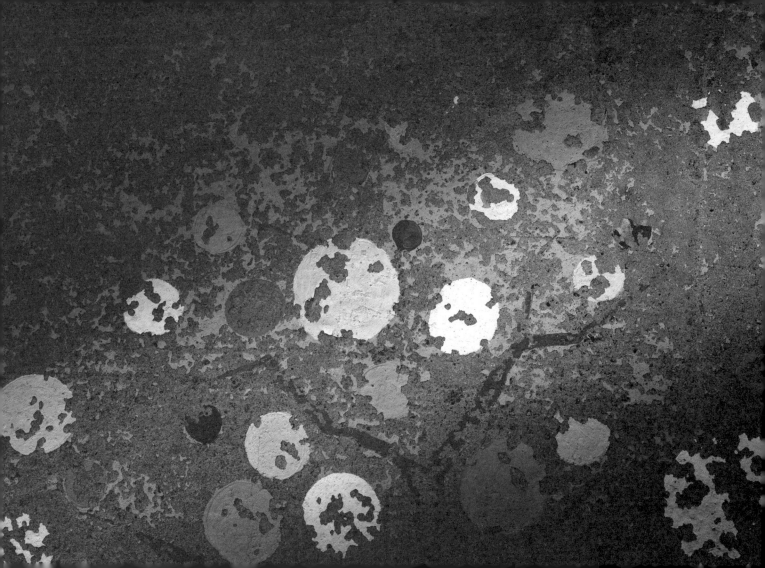

선
물

사는 일 재미없으면 어떡해요
딱 한번 뿐인데*


    달력, 전단지, 투표안내문, 보험안내서, 베이커리봉투, 약봉지, 곱게 펴고 말리고 다림질해 묶은 수첩을 받았다 페이지마다 한 집안의 이면이 고스란한데, 그 중에도 유난히 많은 약봉지, 이 세상에 없는 이름이 긴 그림자를 끌고 노를 젓는다


    *서예가 윤석정님의 글

## 나중엔 속까지 다

우리 동네 표준연구소
담장 헐고 작은 체육공원 꾸몄는데
한동안 바람과 햇살만 드나들었다

한 계절 지나고서야
의자에 앉아 해를 그리거나 팔을 저으며
운동하는 사람들 생겼다

제 옆구리에 낯선 이 들이는 거
사람도 쉬운 일 아니다
나중엔 속까지 다 내어주더라도

회식

나이 많고 계급 높은 상사가 이거 먹어라
저거 먹어라 챙기는 게 영 귀찮기만 하고
밥상의 수저질까지 지시받아야 하나
표 나게 딴청 피우던 젊은 부하 직원이
상사가 말아준 폭탄주가 너무 맛있어
벌떡 일어나 경례를 올려부쳤던 것이다
충성! 뜻밖에, 뜻밖의 충성이
신비롭게 태어나 밤을 달리기도 하는 것이다

## 섬진강

잔물결 깊은 바다
바다로 향하는 일심을 따라

멈추지 마라, 강은
쩍쩍 갈라진 폐허에서도
꽃을 피운다

## 등 뒤의 시

지리산 밤머리재
바람 불자 상수리나무 잎을 뒤집는다
연노란빛 뒷모습이 꽃 핀 듯 환하다
사람의 뒷모습도 저리 밝았으면!
하나같이 쓸쓸하거나 아득하거나
웅크리고 있는,
등 뒤에서
시를 쓰고 있는 나
눈시울이 붉어진다

진눈깨비 오는 날

나도

누군가에게

이 말을 간절히 들려주고 싶다


나 잘 있어

살만 해!

시 | **함순례**  1993년《시와 사회》로 등단하여 시집『뜨거운 밥』,『혹시나』,
『나는 당신이 말할 수 없는 것을 말하고』를 냈으며 한남문인상을 수상했다.


사진 | **박종준**  사진은 카메라가 아니라 사람이 담는다. 사람과 사물,
그 곁에 긴 여백과 여운의 울림을 담고 있다.

오후시선 05

# 울컥

ⓒ 함순례 · 박종준 2019

**초판1쇄 발행** 2019년 6월 28일
**초판2쇄 발행** 2019년 7월 30일

| | |
|---|---|
| 시 | 함순례 |
| 사진 | 박종준 |
| 기획 | 김길녀 |
| 펴낸이 | 이대현 |
| 책임편집 | 이태곤 |
| 편집 | 권분옥 홍혜정 박윤정 문선희 백초혜 |
| 디자인 | 안혜진 최선주 |
| 마케팅 | 박태훈 안현진 |

ISBN    979-11-6244-404-7 04810

       979-11-6244-304-0 (세트)

| | |
|---|---|
| 펴낸곳 | 도서출판 역락 |
| 출판등록 | 1999년 4월 19일 제303-2002-000014호 |
| 주소 | 서울시 서초구 동광로 46길 6-6 문창빌딩 2층 (우06589) |
| 전화 | 02-3409-2058 |
| 팩스 | 02-3409-2059 |
| 홈페이지 | http://www.youkrackbooks.com |
| 이메일 | youkrack@hanmail.net |

「이 도서의 국립중앙도서관 출판예정도서목록(CIP)은 서지정보유통지원시스템 홈페이지(http://seoji.nl.go.kr)와 국가자료종합목록시스템(http://kolis-net.nl.go.kr)에서 이용하실 수 있습니다. (CIP제어번호 : CIP2019024167)」

＊이 책은 세종특별자치시와 세종시문화재단의 지원금을 받았습니다.